KB067487

해저의 교실에서 소년은 흰 달을 본다

(故 성찬경 선생님을 기리며)

해저의 교실에서
소년은 흰 달을 본다

장이지 신작 시집

K POETRY

아시아

차례

해저의 교실에서
소년은 흰 달을 본다

대낮

앞마을에도 뒷마을에도 사람이 살고 있구나.

이렇게 남을 볼 수 있다는 것은 얼마나 멋진 일이냐.

거의 하늘의 것인 대낮에 울지 않고 서서

흩날리는 민들레 홀씨를 보아도 좋다.

비로소 말을 걸어볼 수 있으리라.

저것이 구름의 가벼운 연습이라고.

Waterfall
— 센주 히로시(千住博)

침엽수가 어두워지는 동안, 활엽수는 수사슴으로 변한다. 숲은 검은 물. 별들이 계곡으로 쏟아지면서 분별이 사라진다. 하늘은 무색의 물로 칠한 땅. 사슴이 가만히 물소리를 듣는다. 낮은 곳으로, 더 낮은 곳으로, 하는 것 같다. 타락한 아담과 이브처럼 폭포는 가장 낮은 곳으로 떨어진다. 아무도 듣는 사람이 없으면 폭포 소리는 없는 것과 같다. 우주가 다 가라앉은 검정의 고(膏). 그 암흑을 깨트리는 한 줄기 추락. 요기(妖氣)의 흰 빛. 폭포는 가장 낮은 곳에서 주름을 만들면서 다시 평평해진다. 물을 마신다. 발을 적셔본다. 주름을 만들면서 잔잔해진다.

紅顔白髮

세계의 바깥

만년설 덮인 산정에는

이십 년인가 삼십 년 만에

달빛 속에 피는 꽃

있어

그 너머는

우리가 잃어버린 사랑이 떠난 곳이라고들 한다.

불가능한, 불가능한 곳이라고들 한다.

그대 떠난 겨울에

꽃 피면

이십 년인가 삼십 년 만에
붉은 꽃 피면

그 주위를 돌며
없는 것을 드리겠다고
없는 것을 드리겠다고
가슴을 치며 늙어갈 날들.

初夏

여름 맥문동이
초록의 일할 정도를
바람에 내주고 있습니다.

꽃가루로 살이 찐 구실잣밤나무 구름이
노랗게 떠오르더니
꽃가루의 삼할 정도를
바람에 내주고 있습니다.

어쩐지 구실잣밤나무 밑에는
마른 잎이 가득 떨어져 있습니다.
구실잣밤나무 아래에서는
잎이 밤색으로 부서지는 소리가 들립니다.

그래서 저는 생각해봅니다.

바람의 등에 매달린 투명한 부대(負袋) 같은 것을.

저의 무엇이 세계로 흘러가

세계가 이렇게 슬픈 빛으로 반짝이는지를······.

히비스커스

물확에 둥근 하늘 고이고
해의 자리에
히비스커스 하얀 꽃이 포개어진다.

한 사람의 등.
등 돌린 이의 고운 머리핀
떠오른다.
물거울 안에서 꽃은 정숙하다.

한 사람의 목소리 떠오른다.
얼굴은 떠오르지 않는다.
한 사람은 이편을 돌아본다.
하얀 꽃은 한 사람의 얼굴을 가린다.

해를 그 위에 띄우느라

하늘은 물 밑으로 깔린다.

가장 고요한 해는

물 위에 뜬 히비스커스.

물 위에다 흰 그림자의

집 짓는다.

떠나온 집 짓는다.

엽서
― 소녀에게

지난해 당신이 주고 간 도토리들은

상수리나무가 되는 대신 노래가 되었습니다.

손바닥에 쥐고 있으면

바람이 달려와 먼 곳의 이야기를 전해줍니다.

당신은 눈이 쑥 들어간 할머니가 되어서는

하늘도 땅도 없는

어둠 속에 혼자 있다고.

아니지요? 거짓말이지요?

팔월의 하늘에는 푸름이 떠돌고 있습니다.

고추잠자리가 그 위로 날아다니며

여름 해의 은실을 모으고요.

나무들은 문제없습니다.

그늘에 새로운 이끼들을 키우고 있습니다.

당신이 주고 간 도토리의 우주에서는

달이 다이아몬드로 굳어가고

별들이 오팔처럼 그윽해지다가 그대로 오팔이 됩니다.

밤의 새들은 빈 들판의 돌이 되어 잠들고

아침이 되면 참새가 되어 몰려다닙니다.

저는 당신을 기다릴 겁니다.

할머니가 된 당신이어도 좋아요.

이 존재의 축제 속에서.

푸른색 잉크
— Roland Barthes

롤랑이 죽은 뒤

그의 방에서는

일만 삼천 장의 메모 카드가 발견되었다.

그중 삼백이십 장의 카드에는

'애도 일기'라는 제목이 붙어 있었다.

검은색 볼펜과 연필로 가필한 곳도 있었지만

대부분은 푸른색 잉크로 쓴 것이었다.

그 카드 묶음은 유럽의 어느 도서관에 보존 되어 있고

외부인에게는 좀처럼 공개되지 않는다고 한다.

그것은 내 호기심을 자극한다.

그 푸른색 잉크는 퇴색하지 않고 여전한지.

시간의 것이 되지는 않았는지.

울음 폭탄 뒤에도 슬픔은 정말 줄어들지 않는지.

마치 지구방위군의 화력으로는

끄떡도 하지 않는 사도(使徒)처럼

슬픔은 무너지지도 무너뜨릴 수도 없는 것인지.

하늘 찾기

— shape shift

하늘빛은 바다의 색을 반영한 것이라고들 한다.

아니, 하늘빛은 비단조개의 속을 복사한 것이야.

아이는 생각한다. 진짜 하늘은 비단조개 속에 있다.

밥 먹는 것도 잊고 백사장에 쪼그려 앉아

조개 무덤을 더듬는다.

어머니가 찾으러 올 때까지 하늘을 찾는다.

넘실대는 파도 위로 얼마나 많은 하늘빛이냐.

모자(母子)가 집으로 돌아가고 나면

하늘은 등 뒤에서 비단조개의 속을 비춘다.

꿈꾸는 인간

사월의 하늘이 지상으로 내려올 때는 벚꽃이 만드는 허공의 꽃길을 밟고 오네. 흩날리는 꽃잎이 허공에서 말없이 기우네. 지상에 내려앉은 꽃잎이 요염해 보일 때, 그것은 거기에 하늘이 조금 묻어 있어서……. 흩날리는 길은 빛나는 길. 나무는 연분홍 불티가 되어 하늘을 지상으로 나르네. 말하고 싶네. 저 하강하는 하늘 속에서 표표히 연소하는 꿈. 내가 꽃으로 불타는 꿈.

海獸

멀리 해수욕장이 내려다보인다.

검은 것이 바다를 건너오고 있다.

등지느러미가 가끔 드러난다.

바다는 초록빛과 쪽빛으로 나뉘어 출렁거린다.

물비늘은 하늘보다 더 반짝인다.

바다의 피부가 하얗게 불타오른다.

그것은 상륙하지 않고 이쪽을 응시한다.

소금기 품은 바닷바람에 나는 살이 깎인다.

산호는 부서져 하얀 모래가 된다.

구름은 무엇이 부서져 된 것일까.

현무암은 부서져 검은 모래 된다.

괴물이 바다를 건너오다가 뭍에 오르지는 않고 이쪽을 본다.

시커먼 절벽으로 버티고 서서 파도를 휘감아 올린다.

파란 유리 파편에 찔려 괴물도 피를 흘린다.

서럽다, 구름을 쌓은 저 제단(祭壇)은 무엇이 부서져 된 것일까.

나는 백금(白金)빛 불꽃이 되어 선다.

활활 타오르는 바람이 된다.

산책

치자꽃이 하얀 파동을 하늘에 띄웁니다.

하늘을 끌어당기고 있는 것입니다.

하늘은 제법 내려와

꽃 위에 푸른색의 파동을 전합니다.

치자꽃을 끌어당기고 있는 것입니다.

치자꽃의 편에 서서 하늘을 끌어당겨 보았지만

허사였습니다.

꽃과 하늘의 조용한 인력(引力)에는 틈이 없습니다.

제가 낄 곳은 없는 호각지세(互角之勢)입니다.

검은 고양이의 검은 그림자로 내려가

가만히 기다립니다.

내년의 은방울꽃이 풍경 소리를 낼 때까지는

친구도 만들지 않고

시를 짓고 있겠습니다.

빛에 닿으면 기화(氣化)하는,

기화해도 섭섭할 것 없는.

지상에서 가장 아름다운 오 분
— 존재의 축제

상부는 저녁의 쪽빛에 젖어가는 옥빛입니다.

하부는 지는 해의 아직 따뜻한 다홍입니다.

하늘은 가장 부드럽고 따스한 손을 뻗어

존재의 어깨를 힘 있게 잡아줍니다.

눈물이 어립니다.

그 하늘은 제가 제일 오래 산 어떤 이층집의

옥상에서 본 것이고

이 세상 어디에도 이미 없는 하늘입니다.

물이 되어 지상에 스민 하늘입니다.

스코틀랜드

아버지는 이탄(泥炭)을 캐고 나는 그것을 주워 담는다.

누나는 보랏빛 헤더를 꺾어 꽃다발을 엮고

어머니의 부뚜막에서는 불꽃이 발갛게 달아오른다.

헤더의 꽃물에 젖은 고차원의 시공(時空)에서

얇은 저녁이 한 겹 열리고

하늘의 꼬마전구들이 저마다 작은 서사(敍事)의 빛을 밝
힌다.

식구들이 이마를 맞대고 식탁 앞으로 모이는 것도 이때다.

이탄의 연기는 무한히 상승하여 시간의 지층 속에 다시
쌓인다.

차표

동백꽃의 붉음 백 개에
달의 뒷면까지 갈 수 있습니다.

텃새들의 기침 소리 스무 개에
토성의 고리까지 갈 수 있습니다.

바람의 일곱 가지 음색을 구분하면
천왕성 언저리까지 갈 수 있습니다.

거기서 왼쪽 발바닥의 까만 점 하나를 잃어서
나는 조금 기가 죽었지만…….

일요일의 날빛이 쏟아지면

먼 곳까지 가서 놀다가

어머니의 깨진 새끼손톱으로 돌아옵니다.

종이 신발

어릴 적부터 종이로 신 짓는 재주가 있었다.

대견하다고 모두 웃어주었다.

삼백 볼트쯤 찌릿한 것이 있었다.

비 오는 날에는 전선에 맺힌

하늘의 젖은 발을 보았다.

발목에는 찢어진 종이 신발을 감고서

높은 곳만 보고 걸었다.

비에 얻어맞은 것은 줍고 보았다.

말라깽이, 육손이, 째보는 데리고 왔다.

슬프냐고 물어보고 대답을 기다렸다.

주소도 없이 서 있는 것은 모두 데려왔다.

숨어서 우는 것들의 앙상한 등에 슬쩍 기대면

마음의 필라멘트에 빛이 맺히고

그것은 이렇다 하게 따뜻한 것은 아니었지만

혼자가 아니라는 생각이 들게끔 훤한 것이기는 했다.

비 오는 날에는 유독 혼자였다.

폭우가 찢어진 신발을 데려가는 어떤 날에는

발바닥의 굳은살만 공연히 쓸어 보곤

쓸어 보곤 하였다.

가을밤에

― 소월

정방형의 하늘은 희고 긴 물로 풀어진다.

해의 동심원은 붉어지면서 비를 품은 구름으로 흩어진다.

가을 산은 어두운 피를 흘리며 동구 밖까지,

동구 밖까지 흘러내리고.

바람은 아프게 나를 물마을로 민다.

떠밀려 허청거리는 걸음마다 흙냄새 어두워간다.

물마을에 별 돋아나고

붕어는 수고로이 차가운 하늘을 헤엄치는데,

그녀는 어디에 있는가. 있다면 이 거대한 융해 속이리라.

뒤집힌 하늘을 안고 물은 무거워진다.

비추지 않는 물은 잠든 물.

잔별들 사이로 지나간 날들의 웃음소리

떠올랐다가 잦아든다.

잠긴 하늘 속으로 깊이…….

이 가을밤에.

모든 빛

— 제주 4·3

꽃 위에서 벌이 잠들면 꽃도 자신의 꿀 속으로 내려가 눈 감고 쉬느니…….

유채꽃 위에서 벌이 자네. 꽃술 열고 누가 나오는지도 모르고…….

살아남은 사람들은 살던 집 버리고 산으로 갔네. 굴속에서 고사리 먹고 살았네. 어둠을 갉아먹고 살았네. 인간 멧돼지들이 산을 휘젓고 다니며 흙을 파헤치곤 했네. 고사리 먹고 역청의 어둠 먹고 사람들은 맥이 풀렸네. 버리고 온 집 걱정을 했네. 죽은 집 걱정을 했네.

귀 밝은 이는 바위 안을 보리. 바위 안에서 사람이 나왔을 때, 귀 밝은 이는 그를 보았고 차츰 다른 이들도 그를 볼

수 있게 되었네. 사람들은 바위 속 뱀과 지네의 길을 더듬
어 갔네. 작은 돌 먹고 어둠 먹고 그 응결된 시간의 험로(險
路)를. 깨진 그릇일랑 버리고 흙 묻은 신발도 버리고 깊은
뿌리의 웜홀에 이르기까지.

　　꽃술 열리자 상처투성이,
　　모든 빛.

지평선과 수평선 사이

지평선 위에 수평선이 떠 있습니다.

그 너머에서 당신은

깃털 베개를 털어 구름을 만드십니다.

바람 개의 꼬리에 물감을 적셔

하늘에 저녁을 칠하게 하고

달빛의 라디오를 들으면서

일기를 쓰십니다.

수평선과 지평선 사이는 뭐라 말할 길 없는 제 마음이어서

집어등처럼 환하고 쓸쓸한 것 몇 개

반짝이고

그 나머지는

온통 파도 소리 검게 일었다 잦아들며

흔들리는 눈먼 바다,

수평선에 눈이 버린 바다뿐입니다.

칭클챙클

어느 날 너는 아프지 않게 되겠지. **칭클챙클**에서 풀려나 거리를 활보하겠지. 많은 층계가 있는 회사에 다니게 되겠지. 아버지가 되겠지. 주식을 해서 돈을 얻거나 잃겠지. 너는 모든 것을 잊어. **칭클챙클**을 입에 물고 말이 되어 하늘을 달린 것을 잊겠지. **칭클챙클** 사이로 흘러내린 침에서 비밀의 꽃이 핀 것을 잊겠지. 비일상의 갖가지 부호(符號)들이 돋아난 것을 잊겠지. 오랜만에 아이들과 수영을 하거나 축구를 하고 나서 곯아떨어지겠지. 미열 속에서 너는 더는 고통이 없다는 것을 이상하다고 여길지 몰라. 다행이라고 여길지 몰라. 너는 너의 관객을 갖게 돼. 너는 너의 관객에게 말해. **칭클챙클**이 사라진 입으로. 너는 행복에 겨워 가끔 내 걱정을 할지 몰라. 너는 질주하지 않게 되겠지. 더는 아프지 않게 되겠지.

내일의 사과
—미야자와 겐지(宮澤賢治)

　사과의 함입으로 들어가면 감춰진 내일의 저녁이다. 예전에 할아버지가 그 대지의 심장을 반으로 쪼개자 숨겨진 작은 문들이 두어 개 떨어지는 것이었다. 내일이 궁금해지면 사과를 보는 체조를 한다. 한 곳에서 일 인치쯤 떨어진 다른 한 곳으로 시선을 옮겨간다. 사과의 표면을 따라 함입으로 다가간다. 한입 물지는 않는다. 고운 잇자국을 만들지 않고 내일이 새어 나가지 않도록 한다. 어떤 이브처럼, 백설처럼 하지 않고 사과를 보는 체조를 한다. 사과의 함입으로 들어가면 사과꽃에 매달려 대기권을 가르는 내가 보인다. 과육 속은 온통 구름 덮인 음악이다. 그리운 내일이다.

방주

바다의 몸부림 위로 배 하나 떠간다. 사월에 죽은 여자는 구름을 본다. 이제 일본으로 가는가요? 사월에 죽은 남자가 검붉게 타오르는 수평선을 더듬는다.

배 하나 떠간다. 해저의 교실에서 소년은 흰 달을 본다. 몇 밤 자면 제주인가요? 혹등고래가 거대한 울음으로 선미(船尾)를 쫓는다.

오월에 죽어 오월의 하늘에 묻힌 사람들이 삼삼오오 갑판으로 올라온다. 안산에서 온 아이가 꾸벅 절을 한다. 별의 옷을 입고 노랗게 반짝이면서.

토벌대에게 죽은 산인(山人)이 봉기는 언제 끝나느냐고

묻자, 사월은 끝나지 않는다고 누군가 소용돌이의 투명한
악보를 가리킨다—

배를 고치는 타르시스 성인(星人)이

젤리로 된 바다 위를 분주히 오가네.

홀수선(吃水線) 아래는 다 사월이에요.

다 오월이고, 여수이고, 순천이에요.

아파해요. 아파해요.

고등학생으로 보이는 녀석들이 성판악의 수림을 배경으
로 물빛 셀카를 찍는다. 나무들이 산정의 거울 쪽으로 향해
간다. 부서진 배들이 거울의 문 앞에서 만난다.

방주(方舟)가 하늘 깊숙이 떠간다.

雲深不知處

꽃은 이미 부분입니다. 꽃잎을
떨어뜨리기도 전에 부분입니다.
세상에 남은 것은 꽃이어서
꽃잎 위에 눈물을 주고 그 그늘을
벌레 소리 같은 것으로 채웁니다.
그 그늘은 채워지지 않아서
꽃 주위를 맴돌며 애태웁니다.
키스를, 포옹을 떨어뜨리며
구멍을 메우고, 꽃잎에 편지를
씁니다. 잘 있습니까. 꽃은

가시 돋친 벽. 꽃잎에 편지를
씁니다. 잘 있어요? (편지는 늘
옹이로, 고딕체의 흉터로 바뀝니다)

꽃에, 혹은 벽에 애원합니다.
이때 보이지 않는 곳에서 소년이
등장하고, 소나무 밑의 소년은
말없이 가리킵니다. 구름이 깊은
곳을. 알 수 없는 곳을. 구름과 나
사이에는 **가시 돋친 벽**.

어린 시절은 다 잊어버리고 살겠지만

하얀 바다 지나면 붉은 바다입니다. 알루미늄과 철의 바닷길입니다. 전갱이 먹고 거북손 먹고 해저의 칼데라를 탐험하다가 옹달샘돔*의 표본을 얻었어요. (이것은 치어(稚魚)와 성체가 각기 다른 무늬입니다) 그 치어에는 소용돌이 문양이 있고 소용돌이는 피안의 문인지 모릅니다. 아인슈타인 박사님이 꼭 그렇게 말씀하신 것은 아니지만, 지각 활동의 깊은 곳에는 분명히 어떤 시간의 몸부림이 있을 테고 옹달샘돔 치어의 소용돌이 옷은 그 흔적 아닐까요?

바다가 부글부글 끓고 옹달샘돔은 커서 줄무늬 옷으로 갈아입고 어린 시절은 다 잊어버리고 살겠지만, 알루미늄의 하얀 바다가 있고 철의 붉은 바다가 실제로 있듯이 여러

* emperor angelfish

바다를 지나 성간(星間)의 깊은 곳에 이르면 그곳을 영원(永遠)이라 할 수도 있겠지요.

그곳에서 우리 다시 만나요.
그때까지 안녕히.

옆구리의 노래

내 옆구리의 붉은 피 번져오는 자리에는
아직 도청이 있고, 잠자리처럼 나는 헬리콥터가 있고,
고공 사격에도 죽지 않는 빌딩이 있고.

내 옆구리의 붉은 피 번져오는 자리에는
벌거벗겨진 동통이 있고, 총성이 있고,
장갑차와 탱크로도 뚫을 수 없는
견고한 오월 하늘이 있고.

어쩐 일인지, 내 옆구리에는
말끝에 서러움이 묻어나는
정겨운 말씨가 있고.
육자배기가 있고.

아지랑이인가 글썽임인가가 있고.

산이 옮겨온다.

빛의 아이들이 노는 곳에

산이 내려와 있고.

내 옆구리의 빈자리에는.

물 어머니

비 오는 날에는 수족관에 간다. 해파리를 보면 마음이 가라앉는다. 오억만 년 전 캄브리아기의 무결한 연상(年上)이다. 오억만 년 전부터 한 번도 진 적 없이 해저를 비추는 달의 옷자락. 저것은 뇌 없이도 벌써 몸짓이다. 뇌 없이도 심연(深淵)의 투명한 문을 연다. 읽을 수 없는 몸짓으로, 언어의 바깥에서, 언어의 빛이 닿지 않는 곳에서, 불타오른다.

물 어머니라는 별명이 있다고 한다. 스란치마, 나풀거린다. 한 소년이 함께 온 어머니의 치마를 잡고 흔든다. 어머니는 아들의 손을 꼭 잡아준다.

1

상하, 좌우, 앞뒤……. 그런 것에 이어 네 번째 차원으로서 '시간'을 발견할 것.

2

옛날 설화를 보면 삶의 세계와 죽음의 세계는 어디에선가 이어져 있었음을 알게 된다. 문명이 발달하면서 죽음의 세계는 더러운 것이 되어 삶의 세계에서 추방된다. 그러면서 삶과 죽음은 서로 완전히 별개의 세계로 갈리게 된다. 그 과정이 문명화라고 사람들은 말한다.

삶과 죽음 사이에 놓인 저 심연은 너무나도 고통스러운 것이 아닌가. 그래서 나는 꿈꾼다. 자꾸 걷다 보면 죽음의 세계에 이를 수 있으며, 그곳에서 우리는 그리운 사람들과 재회할 수 있다고.

가령 무릉도원(武陵桃源)과 같은 공간을 생각해본다. 그곳은 우리가 갈 수 없는 곳에 있지 않다. 그곳은 좁은 바위틈 사이를 지나서 우리가 갈 수 있는 곳에 있다. 그러나 그 좁은 바위틈 너머의 세계는 우리가 아는 차원보다는 확실히 높은 차원에 속하는 것인지 모른다.

가령 우리는 산 아래의 고차원의 세계에서는 산양이 인간으로 변하여 인간과 관계를 맺는 일이 있다는 것을 옛날 설화를 통해 알고 있다. 곰이나 호랑이가 인간으로 변할 수 있다는 것도 알고 있다. 이런 일들이 고차원의 세계에서는 일어난다.

3

유기체의 사체가 흙이 되고, 그것은 다시 이탄(泥炭)과 같은 연료가 된다. 그것은 우리의 몸을 덥혀주며, 연기가 되어 다시 하늘에 고인다. 흙의 시간과 인간의 삶, 그리고 천상의 빛은 서로 이어져 있다. 공간적인 것이 시간적인 것으로 바뀐다.

나는 이것을 '고고학'이라고 부른다. 지하라는 공간에서 시간을 발굴하므로.

4

인간의 언어는 모든 것을 표현하지는 못한다. 우리는 언어가 없는 상태에서 출발하여, 언어로 구축된 사회에서 살아간다. 오랜 시간이 지나고 언어로 표현하지 못하는 것이 있다는 것을 깨닫는다. 라캉(J. Lacan)이 '실재'라고 부른 것이 바로 시인이 말하고자 하는 것이다. 시인은 언어를 통해 거기에 이르고자 한다. 그러나 우리가 말하는 것은 우리가 바라는 것과는 언제나 다른 것이다. 그 사이는 끝이 없는 욕망의 세계이다. 인간이 관계하는 것은 이런 것이다. 수평선과 지평선, 그 사이에 있는 바다. 다시 말해 언어 너머의 '실재'에는 '언어를 통해서' 이를 수 없다. 시라는 장르는 이 운명과 싸우는 것이 아닐까.

'실재'에 어떤 입구가 있다고 가정해본다. 바로 그곳이 시가 이를 수 있는 최종 지점이다. 시인이 말하고자 하는 바는 저 멀리에 있다. 그곳에 시인은 이르지 못하고 죽는다. 우리가 잃어버린 것은 저 멀리에 있다. 시인은 노래한다. 우리에게 없는 것을 주겠다고. 혹은 자신에게 없는 것을 주겠다고. 다시 말하겠다. 시인은 우리가 잃어버린 것을 주지 못한다. 자신에게 없는 것을 줄 수 있는 인간은 없다. 시인은 엉뚱한 곳에서 미친 것처럼 맴돌 뿐이다. 어떤 '사물'의 주위를 맴돌 뿐이다. 주이상스(jouissance)의 대상 주위를 말이다. 이런 것이 헛수고라고 여길지 모르겠다. 그러나 사랑도 그런 것이 아닌가. 없는 것을 주는 것. 우리에게 없는 것, 그리고 시인에게도 없는 것, 줄 수 없는 것.

5

'레몬옐로'라는 것은 바로 '사물'이다. 그 너머의 것을 '영원'이라고 불러도 좋을 것이다. 어떻게 불러도 좋다. 어떻게 불러도 틀린 것이므로, 어떤 명칭으로도 부를 수 있다. 그러나 굳이 말하자면 그것은 '영생'을 의미하지는 않는다. 물론 '영생'도 불가능한 것이라는 점에서 내가 말하고자 하는 것에 가깝다. 그러나 '영생'을 사전적인 의미에서 추구한다면, 그것은 내가 말하고자 하는 바와 거리가 멀다. 이렇게 부정적인 방식으로밖에 말할 수 없다.

6

신이 만든 세상에서 나는 고독하다.

'존재의 축제'라는 말은 신이 창조한 세계의 아름다움을 표현한다. 원래 이 표현은 미야자와 겐지(宮澤賢治)의 문학 세계에 미타 무네스케(見田宗介)가 붙인 이름이다(『定本 見田宗介 著作集IX: 宮澤賢治─存在の祭りの中へ』, 岩波書店, 2012). '존재의 축제'는 그것을 바라보는 주체의 소외를 더욱 부각한다. 미야자와 겐지에게 자연은 자주 혹독한 것이었다. 그

속에서 그는 소외된 존재였다. 이것을 나도 가끔 느낀다. 그러나 나에게 존재나 사상(事象)은 혹독하기만 하지는 않다. 내가 그들을 보듯이 그들도 나를 본다. 나는 나의 정신으로 그들을 물들인다. 그 과정에서 나의 존재는 전환된다. 나도 아름답다. 그 상승을 통해서 나는 신과 화해할 수 있게 된다. 이것이 내가 '존재의 축제'라는 말로 표현하고자 한 것이다.

아름다운 세계를 그리기 위해 나는 바슐라르(G. Bachelard)의 4원소를 조합한다. 공기, 물, 불, 흙이다. 『라플란드 우체국』(2013)과 『레몬옐로』(2018)에서, 혹은 『안국동울음상점1.5』(2020)에서 나는 시 속에 '상황'을 만드는 데 치중했다. 짧은 이야기와 같은 시를 썼다. 이번에는 이야기를 이미지로 지양해보려고 했다. 나에게는 바슐라르가 좋은 길잡이가 되었다.

7

다른 방식으로 역사와 직면하기. 제주 4·3과 5월 광주. 고유명사에 집착하지 않기. 다크 투어리즘이 투어리즘으로 회수되어서는 안 된다. 다크 투어리즘은 장소에 사람들을 붙잡아두며, 나중에는 '이름'으로 사람을 옭아맨다. 많은 선배가 저 역사적 사건을 이야기로 만듦으로써 역사를 현재화했다. 이것은 뿌듯한 일이다. 그러나 그 이후 어떤 일이 일어나고 있는가. 이제 누구나 역사적인 사건을 이야기로 만든다. 그것은 반복되고 있으며 범용한 것이 되고 있다. 이것은 선배들이 이룩한 빛나는 업적에 폐를 끼치는 일이다. 다크 투어리즘은 과연 각성한 자들을 양산하고 있는

가. 역사적 장소는 점점 관광지가 되고 있을 뿐이다. 지명에 얽매일 것이 아니라 오히려 사람의 표정이나 동작에 더 주의를 쏟아야 한다.

육화. 자연에 각인된 사건. 육체에 봉인된 표상. 세월호. 이것은 애도의 문제이다. 해저의 교실에서 소년은 흰 달을 본다. 달빛의 옷자락. 물 어머니.

8

은자(隱者)를 찾아 진리를 구하고자 산중(山中)에 든다. 소나무 밑의 동자에게 물으니 스승님은 약초를 캐러 갔다고 한다. 그곳이 어디인지 물으니, 산중에 계시겠지만 구름이 깊어 알 수 없다고 한다. 언어로는 갈 수 없는 곳. 불가능한 곳. 구름이라는 벽이 가로막고 있는 곳.

당나라 시인 가도(賈島)의 어떤 시를 떠올린다. 그 시를 읽은 지 30년이 지났지만, 아직도 잊을 수 없다.

9

'칭클챙클(chinkle-chancle)'은 피터 셰퍼의 유명한 희곡에 나오는 말이다. 『에쿠우스』 말이다. 앨런(Alan)은 '칭클챙클'을 입에 물고 '말'이 된다. 자유롭게 달리는 '말'이다. 재갈을 문 채 자유로워진다는 것은 흥미롭다. 그것은 언어 너머로의 질주를 가능하게 한다. 재갈을 문 채 평범하게 말할 수는 없으니 말이다.

피터 셰퍼의 저 연극을 본 지 어느덧 20년이 다 되어간다. 중문학을 전공하는 L이 아니라면, 영문학을 전공하는 L과 함께 보았을 것이다. 그때 말들은 가죽과 금속을 이어붙인 의상을 입고 있었다. 최근에는 말들이 청바지를 입고 등장하기도 한다는 이야기를 들었다. 직접 보고 싶다.

10

다섯 번째 시집을 이렇게 내놓는다. 나는 내가 진지하게 시를 쓰는 사람이라고 자평한다. 그것은 나보다 더 진지하게 시를 썼던 시인 성찬경(1930~2013) 선생님의 영향이 크다. 성찬경 선생님은 미(美)의 사도였고, 언제나 진리를 찾는 일을 멈추지 않으셨다. 나는 그분과는 다른 세계에 속하며, 그분보다 훨씬 왜소한 세계에 서 있음을 느낀다.

시인
에세이

K

길 위에서

하강하는 길

오키나와에서 정월의 며칠간을 보냈다. 서울의 살을 깎는 추위를 생각하고 두꺼운 패딩을 가져왔지만, 오키나와는 봄 날씨처럼 포근했다. 도착한 다음 날에는 장대비가 쏟아졌다. 비가 내리는데도 춥지 않았다.

우산을 받쳐 쓰고 슈리성(首理城)에 갔다. 금색과 적색이 어우러진 목조건물이 서 있었다. 중국풍의 건물이었다. 내부를 둘러보았다. 긴 회랑을 따라 관광객의 행렬이 뱀처럼 기어가고 있었다. 뱀의 등을 타고 회랑을 따라 걸었다. 다실에 들러서 명물이라는 차를 마시며 비 내리는 슈리성의 정원을 내다보았다. 세 개의 과자를 곁들인 차였다. 차의 맛보다도 과자의 맛보다도 사실은 멈춰 있는 시간이 좋았다. 슈리성의 기억은 이 멈춤의 시간에 대한 것뿐이다.

멈춤 뒤에는 '하강하는 길'이 있다. 슈리성에서 나오면 긴죠시타마치(金城下町)로 내려가는 샛길이 하나 있다. 이 길에는 '세상에서 가장 아름다운 길'이라는 표지가 눈에 잘 띄지는 않지만 붙어 있다. 원래 이 길은 몇 킬로미터에 달하는 긴 길이었다고 한다. 전쟁 중에 공습으로 훼손된 뒤 1980년대에 복구한 것이라고 한다.

이 길의 이름은 '이시타다미 길(石疊道)'이다. 계단이 미끄러워서 조심하여 걷노라니 꽤 오래 걸어야 했다. 중간에 한 번 찻길과 교차하는 지점이 있는데, 그 길을 건너서까지 계속 걸어갔다. 일 킬로미터쯤 걸은 것이 아닐까.

도입부는 울창한 나무에 가려 어두웠다. 비 오는 날씨 탓이었는지도 모르지만 신비스럽게 느껴졌다. 조금 내려오면 주택들이 양옆으로 늘어선 곳이 나온다. 이때부터는 긴 죠시타마치가 멀리 내려다보인다. 이 길을 따라 걸으면서는 뒤를 돌아보지 않았다. 그래서 이 길은 '하강하는 길'로 각인되어 있다. 뒤를 돌아보았다고 해도 슈리성이 보였을 것 같지는 않다. 경사가 심해서 슈리성으로 올라가는 길에는 바닥만 보고 올라갔다. 역시 이 길은 '하강하는 길'이다.

모든 사회적인 책무에서 내려와 자연인이 되는 길이다. '하야(下野)'의 길이다. '세상에서 가장 아름다운 길'은 '하야'의 호젓한 길이다.

길의 끝에는 식당이 있었다. 작은 물확에 히비스커스 꽃잎이 두어 송이 떠 있었다. 식당에서 건면에 차가운 맥주를 마셨다. 안경에 김이 서렸다. 차가 슈리성 주차장에 있었으므로 다시 힘을 내서 길을 올라가야 했다.

비세 마을의 고양이

오키나와 본도의 북쪽에 비세 마을이라는 곳이 있다. 후쿠키(福木) 길이 유명하다. 후쿠키 길을 보기 위해 비세 마을에 들렀다.

마을의 입구에는 고양이 세 마리가 앉아서 쉬고 있었다. 만져도 가만히 있었다. 마을의 초입에 자전거를 빌려주는 곳이 있는데, 자전거를 탈 줄 알았다면 아마도 빌렸을 것 같다.

후쿠키는 나무 이름이다. 곧게 자란다. 잎이 좀 두껍다. 정말 **빽빽하게** 심어놓았다. 마을이 온통 후쿠키의 길로 에 워싸여 있다. 그래서 미궁(迷宮) 속에 들어와 있는 착각에 빠질 정도이다.

후쿠키를 **빽빽하게** 심은 것은 바람을 막기 위한 방책이 었다. 바닷바람이 거셌다. 길 속에 있을 때는 몰랐는데, 길 이 끝나고 해변이 보이자 바닷바람이 세차게 몰아쳤다. 해 변에는 바람에 넘어진 것으로 보이는 고목이 쓰러져 있었 다. 작은 배가 옆으로 누워 있고, 그 옆에는 자동판매기가 어울리지 않게 서 있었다. 바람에도 지지 않고 서 있었다.

후쿠키 길은 약간 심심했다. 비세 마을의 집들에는 유난 히 사기(沙器) 인형이 많았다. 내가 처음 본 것은 백설공주 와 일곱 난쟁이 인형이었다. 백설공주는 없고 난쟁이들만 있었다. 일종의 '키치'였다. 관광객들이 좋아할 만한 것이었다. 대부분의 주택 문 위나 담장 위에는 '사자(獅子)' 인형이 놓여 있었다. 한 마리가 아니라 여러 마리였다. 연중행사처럼 오키나와 사람들은 명절 때마다 그런 것을 주고받는지 모르겠다. 지붕 위에도 사자가 올라가 있다.

후쿠키는 방풍림이지만, 마을을 숨기고 있는 것처럼 보였다. 이 후쿠키의 벽을 넘어 집 앞까지 오게 되면, 다시 사자상이 집을 지키는 구조이다. 비세 마을의 집들은 이중의 방벽을 구축한 채 집을 숨기고 있다. 숨은 집은 낯설지만 아늑하다.

후쿠키 길에서 잠시 방향 감각을 잃었다. 조금 헤맸다. 마을 초입에서 보았던 눈이 짓무른 삼색 고양이가 와서 내 발등에 몸을 비비다 갔다. 고양이가 온 길을 따라 마을의 초입으로 되돌아왔다. 스치듯 만나고 헤어졌다.

비세 마을의 밥집이 모두 만석이어서 점심은 다른 곳으로 가 먹었다. 기억이 잘 나지 않는다. 아마도 포크커틀릿을 먹은 것 같다. 기억이 안 날 정도의 맛은 아니었다. 맛있었다. 반찬으로 두부 위에 작은 생선이 올라가 있는 것도 나왔다. 반찬이 아니라 그것은 단품 요리였을 수도 있다. 어딘지는 도저히 기억이 나지 않는다.

사과 속의 길

죽은 누이를 찾아 길을 떠난 시인이 있다. 기차 여행이다. 사할린이라기보다 '가라후토(樺太)'로 달려갔다. 그것은 사과 속의 길이기도 했다. 미야자와 겐지(宮澤賢治) 이야기이다. 「은하철도의 밤」(1934) '수레바퀴 기둥'의 장에 다음과 같은 기차 여행의 장면이 나온다.

그곳에서 기차 소리가 들려왔습니다. 그 작은 열차의 창문은 작고 붉게 보였으며, 그 안에서 많은 여행객이 사과를

깎기도 하고 웃기도 하고 있을 것으로 생각하자 조바니는 이루 말할 수 없는 슬픔에 잠겨 다시 눈을 들어 하늘을 바라보았습니다.

조바니는 같은 반 친구들의 놀림의 대상이다. 또래 집단에서 왠지 따돌려지고 있다. 은하 축제일임에도 조바니는 또래들과 어울리지 못하고 수레바퀴 기둥이 있는 언덕에 올라간다. 마을의 아름다운 불빛이 보인다. 기차가 지나간다. 창문으로 새어 나오는 빛은 따뜻해 보인다. 그 빛은 조바니가 속해 있는 어둠의 세계와는 대조적이다. 그것이 그를 더욱 슬프게 한다. 조바니는 소외감을 느낀다. 알기 쉬운 장면이다.

그런데 바로 이 장면에 '사과'가 등장한다. 이 '사과'는 달걀이나 다른 무엇인가로 대체할 수 없다. '사과'는 상징성을 띠고 「은하철도의 밤」에 예닐곱 번이나 반복하여 등장한다. 여기서 그치는 것이 아니다. 그 '사과'는 미야자와 겐지의 시 「아오모리 만가」(1923)에도 나온다. 두 작품은 비슷한 시기에 초고가 나왔기 때문에 이러한 중복도 이상하게만 볼 것은 아니다.

> 이렇게 깜깜한 밤 들판을 가노라면
> 객차의 창문은 수족관 유리가 된다
> (메마른 전봇대의 행렬이
> 바삐 자리를 옮기듯
> 기차는 은하계의 영롱한 렌즈
> 거대한 수소 사과 속을 달린다)
> 사과 속을 달린다

여동생 도시코의 사후(死後), 미야자와 겐지는 아오모리와 홋카이도를 지나 소야해협을 건너 가라후토—지금의 사할린—에 이르는 여행을 떠난다. 표면상의 이유는 제자들의 취직을 알아보기 위한 것이었지만, 그 이면에는 죽은 누이의 행방을 찾는다고 하는 다소 기묘한 의미가 깔려있었다.

「아오모리 만가」의 첫 일곱 행은 「은하철도의 밤」의 중요한 모티프가 되었다. 그리고 사과 속을 달리는 기차라고 하는 기묘한 아이디어가 등장한다. 여기서 '사과'는 '우주'를 표상한다. "그리고 십자가는 어느새 창문의 정면을 향했고 사과의 과육처럼 푸르스름한 고리 모양의 구름이 천천히, 천천히 돌고 있는 것이 보였습니다."라는 「은하철도의 밤」의 구절에서도 '사과의 내부'를 달리는 기차에 대한 비유가 나온다.

이 시의 첫 두 행은 저 '수레바퀴 기둥'의 언덕에서 조바니가 본 야간열차의 풍경과 대응된다. 다만 열차의 내부에서 보느냐 외부에서 보느냐의 차이다. 내부에서 보았을 때 보는 주체는 저 근대적인 신문물의 '속도'를 신체의 감관으로 수용하게 된다. 조바니는 이렇게도 말한 적이 있다. "'나는 멋진 기관차야. 이곳은 비탈길이기 때문에 속도가 빠르지.'"

　그런데 왜 하필 '사과'일까. '사과'는 미야자와 겐지의 우주를 이해하기 위해서는 반드시 해명해야 할 상징이다. 「은하철도의 밤」 마지막 장인 '조바니의 차표'에는 유독 '사과'에 대한 언급이 많다. 문득 캄파넬라는 "왠지 사과 향기가 나. 내가 지금 사과를 생각해서 그런 걸까?"라고 말한다. 아닌 게 아니라 무언가 상상하면 반드시 이루어져 버리는 세계인 것이다. 이 캄파넬라의 의문은 몇 장 뒤에 가면 등대지기인 듯한 인물이 "어떻습니까. 이런 사과는 처음 보셨죠?" 하면서 조바니 등에게 '사과'를 건네는 장면에 이르러 해소된다. 사과 향기는 등대지기가 가지고 있던 사과에서 난 것이라고 해도 좋을 것이다. 그러나 그것이 다일까.

　캄파넬라의 의문은 새를 잡는 남자가 기차 안에서 갑자기 사라지고 어디선가 한 명의 청년과 어린 오누이가 등장하기 직전에 제기된다. 청년과 어린 오누이는 타고 있던 배가 빙하에 부딪혀 난파되었는데, 어느 순간 기차에 타고 있었다. 그들은 그것을 '신의 초대'라고 설명한다. 이것은 어떤 공간의 왜곡, 차원의 일그러짐에 따른 것이라고 말할 수 있다. 그것은 '사과'와 무관하지 않다.

"아, 방금 엄마 꿈을 꿨어요. 엄마가 멋진 책장과 책이 있는 곳에서 저를 보고 손을 내밀며 생긋생긋 웃었어요. 제가 엄마에게 '사과 가져다드릴까요?' 하고 말하는 순간 잠이 깼어요. 아, 여기는 아까의 그 기차 안이네요?"

"꿈속의 사과는 거기 있어. 이 아저씨가 주신 거란다."

꿈속의 '사과'는 현실의—사실 이것도 일종의 꿈이지만—'사과'와 이어져 있다. '사과'는 꿈과 현실, 내부와 외부를 연결하는 역할을 한다. 그리고 그것은 그 자체로 '은하의 구조'를 나타낸다.

'사과'는 단순한 구체(球體)가 아니다. 그것은 함입(陷入)을 포함한 구체이다. 다시 말해 표면의 껍질이 안으로 빨려 들어간 부분이 있다. 물론 그것은 씨방에 이를 것이다. 이렇게 외부는 내부가 된다. 일종의 클라인 씨의 병과 같은 구조를 떠올려 보아도 좋다. 미야자와 겐지에게 '은하'는 이 '사과'처럼 외부와 내부의 구분이 불가능한, 3차원의 세계보다 일층 고차원의 세계이다. 더 자세한 것은 미타 무네스케의 저서를 읽어볼 것을 권한다(▶ 시작 노트 참조).

오뎅집

오키나와 여행의 마지막 날 저녁에는 숙소 근처에 있는 오뎅집에 갔다. 그럴듯한 집에는 사람들이 북적여서 들어갈 수 없었다. 그래서 가장 허름한 집에 들어갔다. 할머니가 혼자 다 하는 선술집이었다. 오뎅의 구수한 냄새가 제법 깊었다. 역사가 있는 집 같다고 했더니 아마도 낡은 집이라는 핀잔으로 여겼는지 "그렇게 보입니까." 하는 짧은 답변이 돌아왔다. 다시 유서 깊은 집 같다고 하니 30년이 된 것 같다고 했다. 진한 국물이 담긴 철판에서 손님이 먹고 싶은 것을 골라서 주문하면 할머니가 한 그릇씩 건져서 주는 식이었다. 오뎅이 먹고 싶다고 하자 철판을 가리키면서 전부 오뎅이라고 하는 것이었다. 달걀도 곤약도 무도 모두 오뎅이란다. 이것저것 주문해서 먹어보았다. 역시 깊은 맛이었다.

할머니는 텔레비전에 푹 빠져 있었다. 텔레비전을 보면서 몇 마디 주고받았는데, 말이 잘 통하지 않았다.

오사카, 숙소 찾기

오사카에서는 참 많이 걸어 다녔다. 그것이 좋았다. 많은 시행착오가 있었지만 그래도 그 시행착오 속으로 가고 싶다. 그곳에서는 시행착오가 있어도 야단을 맞지 않는다. 모두 실수를 한 바보 같은 나를 걱정해준다.

오사카에 처음 와본다. 제주에서 다섯 시 십분 비행기를 타고 한 시간여를 날아왔다. 숙소는 니폰바시 근처의 작은 호텔로 미리 정해 두었다. 공항에서 난카이선으로 이동했다.

난카이선이 굉장한 소리를 내며 달렸다. 일단 사십 분쯤 달려가 난바역에서 하차했다. 난바역은 한참 사람들로 붐볐다. 게다가 쇼핑몰이 몇 개나 몰려 있어서 정신이 없었다. 난바에서 니폰바시까지 전철로 한 코스이니까 일단 역에서 나가면 슬슬 걸어갈 작정이었다. 그럴 수 있으리라고 생각한 내가 한심하다. 난바역의 출구를 찾지 못해 헤매다가 선물 가게에 들러 엽서를 몇 장 샀다. 서점에도 들러 책 구경을 했다. 사실 제자에게 빌린 지도책을 보면 환승 정보를 쉽게 알 수 있었지만 그럴 정신이 아니었다.

난바역 바깥으로 나온 나는 무작정 니폰바시 쪽으로 여겨지는 방향으로 걸었다. 걷다 보니 에비스쵸가 나왔다. 꽤 멀리 온 셈이다. 다리가 아플 정도로 걸었다. 한 시간쯤 걸은 것 같다. 다행히 사카이스지선 에비스쵸역에 다다랐다.

나는 니폰바시역까지 가면 숙소의 주소를 아니까 숙소를 쉽게 찾을 수 있으리라 생각했다. 이때 택시를 탔어야 했다.

사카이스지선 니폰바시역에 내린 나는 또 무작정 주소 하나만 믿고 헤매기 시작했다. 그리고 다시 삼십 분이나 사십 분을 걸었다. 걷다가 지친 나는 우연히 본 경찰에게 길을 물었다. 자신의 지도앱을 열어 숙소가 있는 위치를 알려주었다. 나는 전혀 엉뚱한 곳에서 헤매고 있었다.

내게는 지도앱이 없는가 하면 그것은 아니다. 그 정도의 기계치는 아니라고 생각했다. 그런데 인터넷이 전혀 되지 않았다. 공항에서 데이터 도시락을 샀지만 별 쓸모가 없었다. 냉정하게 말하자면 나는 기계치를 면할 수 없는 위인이다.

숙소의 방은 생각보다 좁았다. 씻고 자려다가 감기에 걸릴 것 같은 느낌이 들어서 방에 비치된 차를 한 잔 마셨다. 정말 맛있는 차였는데, 다음 날부터는 다른 브랜드의 차로 바뀌었다. 바뀐 차는 입에 맞지 않았다. 많이 걸었고 피곤했지만 잠이 잘 오지 않았다.

헌책방

호텔 레스토랑에서 아침 일찍 식사를 마쳤다. 오늘의 일정 중 가장 핵심은 사카이스지선 에비스쵸역 근처에 있는 한 헌책방에 들르는 것이다. 오사카 여행 출발 전날 인터넷 검색에서 우연히 알게 된 가게이다. 그런데 인터넷에는 주소가 정확하게 나와 있지 않고 약도만 엉성하게 그려져 있었다. 어제와 마찬가지로 에비스쵸역 근처에 가면 찾을 수 있을 거라고 얕보았다.

에비스쵸는 간밤에 충분히 헤매보았다고 생각했다. 낮의 풍경은 또 달랐다. 갑자기 오타쿠들의 거리가 펼쳐졌다. 아직 이른 아침이라 가게들의 문은 다 닫혀 있었다. 내가 찾는 가게는 동절기에 오후 한 시부터 다섯 시까지만 영업한다고 되어 있었다. 그래서 나는 에비스쵸를 빙빙 돌아다녔다. 비가 내리기 시작했다.

종합안내센터에 들러보기로 했다. 센터에는 오렌지색

점퍼를 입은 초로의 아저씨만 혼자 앉아 계셨다. 혹시 헌책방 'K'를 아느냐고 물었더니 여기저기 전화를 해서 알아보아 주셨다. 그리고 한국어로 된 에비스쵸 안내 지도에 'K'의 위치를 표시해주셨다.

점심때가 되자 식당은 모두 붐볐다. 혼자 밥을 먹는 것이 익숙지 않아서 나는 조금 한산한 가게를 찾아 기웃거리고 다녔다. 간밤에 돌아다닌 곳을 다시 걸어 보았다. 근처에 게스트하우스가 많은 동네였다. 작은 호텔들도 있었다. 호스텔을 겸한 카페에 들러서 소고기가 포함된 정식을 시켰다. 식당에 들어올 때는 나이든 신사 몇 분이 한 테이블에서 식사하고 있었는데, 내가 들어온 다음에 근처에서 일하는 듯한 정장 차림의 청년이 한 명, 또 중국인 가족이 들어왔다. 청년은 이십대 중반쯤으로 보였다. 우산을 들고 들어와 창가에 앉아 비를 보면서 식사를 했다. 아주 느긋하게 먹어서 우아해 보이기까지 했다. 중국인 가족은 두 테이블을 붙여서 앉았다. 아주 길고 긴 주문을 했다. 노인과 아이가 포함된 가족이었다. 그들이 후식을 주문할 때쯤 일어섰다.

안내센터 아저씨가 그려준 약도를 보고 'K'를 찾아 나섰다. 내가 찾은 것은 '시부타니서점'이었다. 아직 영업 준비를 하는지 문이 잠겨 있었다. 또 한 시간 근처의 거리를 쏘다니다 왔다. 아주 비좁은 공간이었다. 우산을 들고 들어가기가 미안해서 밖에 두려고 하니 가지고 들어와도 좋다는 것이었다. 내가 찾는 책은 없었다. 혹시 이런 책들을 가지고 있느냐고 하니 지금 가지고 있지 않다고 했다. 'K'가 '시부타니'인가, 그렇다면 오늘은 허탕이로군, 하는 생각에 아쉬웠다. 그런데 주인은 내 수첩에 적힌 'K'의 주소를 보더니, 그건 여기가 아니라고 직접 안내해주겠다고 했다. 'K'는 한 블록 떨어진 빌딩의 한쪽에 숨어 있었다. 간판이 없어서 초행에 찾기는 어려웠다. '시부타니서점'의 주인장이 아니었다면 못 찾았을 것이다.

'K'에도 내가 갖고 싶은 책은 없었다. 그래도 오노 도자부로(小野十三郎)의 『오사카』(1939)를 한 권 샀다. 난바시티

에서 쇼핑을 하고 저녁 무렵 숙소에 돌아왔다. 마술사 다이고(ダイゴ)와 사회학자 후루이치 노리토시(古市憲壽)가 심리대결을 하는 텔레비전 쇼 프로그램을 보다가 잤다. 조금 자다가 다시 깨어서 오래 뒤척였다.

환상선(環狀線)의 김희구

김희구(金希球)는 1950년대 김시종(金時鐘)이 중심이 되어 조직된 서클지 『진달래』(1953~1958)의 아마추어 시인이다. 이 서클지는 일본 공산당의 지령으로 만들어졌고 1955년 이후 조총련의 지휘 아래 놓이게 된다. 조총련은 북조선을 이상화하는 데 이 서클지를 이용하려고 했다. 김시종 등은 일본 사회에서 살아가는 재일조선인의 실존이 북조선을 이상화하는 것보다 더 중요하다고 생각했다. 『진달래』는 차별이 극심한 일본 사회에서 재일조선인들이 살아가기 위해 꼭 필요한 마음의 보금자리였다. 김시종은 조총련과 갈등 관계가 된다.

오사카에서 명망을 얻고 있던 오노 도자부로는 측면에서 『진달래』그룹을 지원해주는 역할을 한다. 김희구의 시를 칭찬하는 오노 도자부로의 엽서가 이 서클지(5호)에 실려 있다. 김희구의 시는 재일조선인이 모여 사는 지역을 대표하는 표상으로 '쓰루하시역'을 내세운 것이었다. '쓰루하시역'은 재일조선인 1세대의 신산한 삶을, 그 회한을 직접 목격한 증인이다. '쓰루하시역'은 재일조선인이 때[垢]를 묻혀가며 살아가는 '장소'이다. 김희구는 이후에도 「오사카 길모퉁이」(5호), 「이카이노」(6호) 등 재일조선인의 '장소'를 형상화하는 데 주력한다. 그런데 그의 의연함은 일본 사회의 재일조선인에 대한 차별과 전후의 절대 빈곤 속에서 무너지고 만다. 「기도」(11호)를 끝으로 김희구는 『진달래』에서 사라진다. 그는 달리는 열차에 뛰어든다. 『진달래』 14호의 「자살자가 있던 아침」(조삼룡), 「오사카 한 모퉁이에서」(강청자) 등은 김희구의 자살에 대한 반응으로 보인다. "안주머니에 손을 찔러 넣어 / 외국인 등록증과 취로 수첩을 꺼내었다. / 취로 일수 10일. / 3일 전 「오늘도 일이 없군—」 / 하며 힘없는 소리로 말했는데 / 더 이상 견디지 못했단 말인가"라고 조삼룡은 「자살자가 있던 아침」에서 노래했다. '외국인 등록증'과 '취로 수첩'이라는 말이 당대 재일조선인의 상황을 여실히 보여준다.

김희구는 오사카 환상선(環狀線)에 뛰어들어 그 육신이 허물어졌다. 그 혼은 아직도 환상선을 따라 차가운 오사카 시내를 떠돌고 있다.

조국

오사카에는 제주에서 건너간 사람이 많이 산다. 제주 4·3 사건 때 도일한 인사 중에는 김시종이 있다. 그리고 재일조선인 중에는 '조선적(朝鮮籍)'을 고집한 사람들이 많다. 그것은 '조선적이라는 사상'이라고 불러야 마땅하다. 착각하기 쉽지만 여기서 말하는 '조선적'은 북한을 조국으로 생각하는 사람들의 신분을 표시하는 것이 아니다. 그것은 남한이나 북한이 아니라 분단 이전의 조선을 조국으로 생각하는 사람들의 신분을 표시한다. 재일조선인 형성 배경에는 일본 제국주의에 의한 조선 식민지 통치가 가로놓여 있다. 도일 당시 그들은 식민지 조선인이었다. 전시에 내선일체를 부르짖었던 일본은 전쟁에서 패하자 재일조선인을 외국인으로서 타자화했다. 졸지에 재일조선인은 무국적자 신세가 된다. 그리고 외국인등록을 해야 했다. 그 절차도 간단한 것만은 아니었다. 고향은 전화를 입었고 분단되었다. 재일조선인은 갈 곳을 잃었다. 한국 국적을 취득함으로써 얻을 수 있는 이익—이를테면 고국 방문의 자유—을 기꺼이 포기하면서까지 조선적을 고수한 많은 재일조선인을 떠올리면 저절로 숙연해진다.

제주 4·3 관련 심포지엄에서 '4·3'은 대한민국 역사인가 하는 것이 문제가 된 적이 있다. 제주 4·3을 대한민국의 역사로 수렴해버리면, 지금 간사이(關西)에 널리 퍼져 사는 재일조선인은 무엇이 되는가 하는 일면 울분이 섞인 발언도 있었다. 또 그분들의 일본인 배우자는 도대체 어느 역사에 둔다는 말인가 하는 탄식도 나온다. 일국의 역사를 뛰어넘는 비극이 여기에 있다.

제주인 재일조선인의 비극이 국경을 가로질러 존재하는 것이라는 이와 같은 주장은 시사하는 바가 크다. 그러나 한편으로는 '결과로서의 대한민국'과는 구분되는 '꿈으로서의 대한민국'에 대해 생각해보는 것도 필요한 일이다. 제주 4·3 사건에 연루되었던 분들에는 여러 층위가 있는 것이 사실이지만, 가령 '남한 단독 선거 반대'를 주장한 분들이 꿈꾼 '국가'를 인정하지 않으면 안 된다고 생각한다. 비록 그것이 어느 순간 환멸의 형태로 되돌아온다고 해도 후손인 우리가 그 꿈을 하찮은 것으로 치부해서는 안 된다. 대한민국 역사라고 했을 때 꼭 우리가 역사 시간에 배운 '결과로서의 역사'에 집착할 필요는 없다. 그것이 꼭 민중의 기억과 일치하는 것도 아니다. 오늘날 대한민국은 제주 4·3이나 5·18의 희생자들이 꾸었던 꿈들이 모이고 모여 만들어졌다고 볼 수 없을까. 그렇게 보면 제주 4·3 때 일본으로 건너간 사람들을 위시하여, 조선적을 끝까지 고수하고자 한 재일조선인도 대한민국의 역사 속에 있다고 보고 싶다. 그렇게 볼 때 통일지향의 문학사에서 그들의 족적을 살피는 것의 의미도 정당성을 얻게 되는 것이 아닐까.

한 시대의 끝

하루쯤 교토로 넘어갈까 하다가 그만두었다. 어제 아침을 먹은 자리에서 그대로 앉아 아침밥을 먹었다. 오늘은 센니치마에선을 타고 재일조선인이 많이 산다는 쓰루하시와 이마자토에 갔다. 쓰루하시에는 불고기와 냉면을 파는 가게가 많다. 대로변에는 병원이 여러 개 눈에 띄었다. 골목도 누벼보았는데 골목에는 두어 집 건너서 미용실이라고 해도 좋을 만큼 미용실이 많았다. 어제 텔레비전에서 후루이치 노리토시의 소설 이야기를 잠깐 들었는데, 다소 궁금해져서 동네 서점에 들어가 그 책을 찾아보았다. 난바시티에 있는 대형서점에 전시된 것은 보았는데, 동네 서점에는 재고가 없었다.

오늘 나는 바보 같은 짓을 했다. 키를 방안에 둔 채 나온 것이다. 방문을 닫으면 저절로 잠기는 구조였다. 그것을 깨닫고 다시 호텔로 돌아가 직원에게 자초지종을 설명했더니 오백 엔을 추가로 내야 한다는 것이었다. 내가 방에다 두고 나왔다고 한 것을 잃어버렸다고 이해한 모양이었다. 다시 설명하기에는 언어의 장벽이 높았다.

난바에서 후루이치 노리토시의 소설을 샀다. 점심으로는 우동 정식을 먹었다. 가게 아줌마가 유학생이냐고 물어

보았다.

후루이치 노리토시는 전문적인 소설가는 아니다. 그의 전공은 사회학으로, 국내에도 『절망의 나라의 행복한 젊은 이들』이 2014년 번역된 바 있다. 사회학 서적치고는 한국에서도 많이 팔린 책에 속하지 않나 싶다. 그런데 그는 사회학자로서도 조금 애매한 위치에 있다. 요컨대 아카데미즘의 제도에서 조금 일탈해간 면이 있다. 앞서도 잠깐 언급했지만, 그는 텔레비전에서도 자주 볼 수 있는 엔터테이너가 되었다. 그런 그가 쓴 소설이라는 점에서 일본에서도 그의 소설 『히토나리 군, 안녕』은 주목을 받고 있었다. 대형 서점의 매대에서도 잘 보이는 곳에 그의 책이 비치되어 있었다. 게다가 그 '히토나리(平成)'는 음독하면 일본의 연호 '헤이세'가 되기 때문에, 헤이세 시대의 종언을 앞둔 상황에서 스포트라이트를 받게 된 것같다. 주인공인 히토나리의 사회적 포지션이 작가인 후루이치 노리토시와 비슷한 점이 흥미로웠다. 후루이치는 헤이세 시대의 전형적인 연

애를 그리고자 한다. 섹스를 싫어하는 남자, 안락사, 인공
지능, 도쿄 젊은이들의 식도락 취미, 데이트 코스, 패션과
주거 같은 것들이 그려져 있다는 점에서 이 소설은 소설이
라기보다 사회생활사의 일종으로 읽을 수 있다.

　서점가를 둘러보고 나서도 시간이 남아 난바파크시네마
에서 영화를 보았다. 「열두 명의 죽고 싶은 아이들」이라는
제목의 영화였다. 스무 명쯤의 관객이 들었다. 열두 시 사
십 분 시작. 미스터리가 아닐까 하고 생각했는데, 그렇게
치밀한 이야기라고는 할 수 없었다. 캐릭터 중 한 소녀는
'고스룩'의 인형처럼 입고 있었다. 그 아이가 귀엽다고 뒷
줄에 앉은 다 큰 남자들이 연신 감탄사를 토해댔다.

슬랩스틱

　난바역에서 난카이선으로 갈아타고 간사이 공항으로 갔

다. 저마다 큰 트렁크를 들고 공항으로 향하는 사람들이 눈에 띄었다. 나처럼 귀국을 서두르는 한국인들도 있었고, 관광을 위해 길을 나선 일본인들도 있었다. 트렁크 없이 빈몸은 나 혼자밖에 없는 것처럼 여겨졌다.

꿍음을 내며 전차는 달렸다. 간사이 공항에 도착한 밤에는 몰랐는데, 낮에 보니 바다 위로 뻗은 철교였다.

공항에 도착해서는 또 '멘붕'이었다. 모노레일을 타게 되는 줄로 알았는데 모노레일은 없었다. 셔틀만 보여서 나는 제2터미널로 가는 셔틀버스를 탔다. 제2터미널에는 J 항공뿐이었다. 부랴부랴 다시 제1터미널로 와서 겨우 시간에 맞춰 체크인할 수 있었다.

두 시간 만에 제주공항에 도착했다. 외국어의 압박에서 놓여나니 좀 안심이 되었다. 와이파이 도시락을 반납하고 집에 돌아왔다. 다음 여행에서는 조금 더 나아질까?

집에 돌아와서는 일본에서 입었던 옷들을 모두 세탁기에 던져 넣었다. 잔뜩 껴입었더니 한겨울인데도 땀에 옷이

푹 젖었다. 세탁기 돌아가는 소리를 들으며 어머니께 무사히 도착했다는 전화를 드렸다.

오사카에서는 길 위에서 헤맨 시간이 많았지만, 시간에 쫓기지는 않았다. 일본에서 산 책은 오노 도자부로의 시집을 제외하면, 이 글을 쓰고 있는 시점에서는 모두 번역되었다. 그래서 조금 헛고생한 느낌이지만 크게 개의치 않는다. 일본에서 본 영화는 한국에도 들어왔다. 아마도 나는 자막이 있는 것을 보아야 내용을 온전히 이해할 수 있을 듯하다. 그러나 다시 보게 되지는 않을 것이다.

죽음 옆에 놓인 시

김상혁(시인)

이 글은 시집의 첫머리에 실린 「대낮」이 어째서 두 번 읽혀야 하는지를 해명하려 한다. 장이지 시인은 「대낮」을 포함한 몇 편의 작품을 통하여 이상향의 이런저런 일단을 형상화하고 있다. 그가 그리는 유토피아란, '그대'라는 또 다른 이상(理想)이 부재하는, 모종의 불가능성으로 인식되며(「紅顔白髮」), 어느 화가의 작품에 투영되어 환영인 듯 제시되거나(「Waterfall」), 현실에서는 부서진 양태로만 재현되므로 '나'의 슬픔을 유발할 뿐이다(「初夏」). 그곳은 '얼굴 없는 목소리'로만 드러나는 세계이자(「히비스커스」) 어린아이의 순진함에 의해서만 잠시 감지되는 공간이어서(「하늘 찾기」), "지나간 날들의 웃음소리"(「가을밤에」) 혹은 "세상 어디에도 이미 없는 하늘"(「지상에서 가장 아름다운 오 분」)일 수밖에 없다.

이처럼 유토피아에 대한 관념이란 어찌되었든 '지금 아

님' 혹은 '여기 아님'을 지향하기에 장이지를 비롯한 고전주의자의 서정시는 소박한 센티멘털리즘을 경계하지 않을 수 없다. 유토피아가 존재하는 장소는 여기가 아니며 그것이 실현되는 시간 또한 지금은 아닌 것이다. 그래서 그러한 이상적 공간과 시간을 그려내는 작품집은 이국의 지명과 인물의 차용, 역사 혹은 유년기의 낭만적 재구성, 고전 예술에 대한 옹호와 참조 등의 요소를 얼마간 감상적인 방식으로 내포하지 않을 수 없다. 그럼에도 감상주의라는 꼬리표는 그다지 새로울 것 없는 문장-이미지를 비판하는 표지이지, 어떤 작품이 거느린 보편적인 감수성 자체를 겨냥하는 것은 아니다. 가령, 「스코틀랜드」라는 작품이 보여주는 어느 가족의 노동과 그들의 저녁 밥상에 관한 서정적 묘사는 오히려 스코틀랜드라는 이국을 배경으로 삼았기에 환상적으로 생생하며, 낯설게 감동적일 수 있다.

『해저의 교실에서 소년은 흰 달을 본다』의 다른 작품이 보여주는 시의 전략도 「스코틀랜드」의 그것처럼 더없이 명확하다. 「Waterfall」은 〈폭포〉 연작으로 널리 알려진 화가 '센주 히로시(千住博)'의 성명이 부제로 붙어 있다. 이 시는 짙은 어둠이 숲의 대략적인 윤곽만을 남기는 순간을, 그리하여 하늘과 땅의 분별이 사라진 저 풍경으로 별들이 쏟아지는 순간을 '폭포'에 비유한다. 그런데 이처럼, 어찌 보면 완고할 만큼 고전적인 서정을 관철하는 시의 묘사에, 낯설고 환상적인 분위기가 더하여지는 까닭은 제목과 부제가 그러한 기능을 전략적으로 담당하기 때문이기도 하다. 「하늘 찾기」의 'shape shift' 혹은 「푸른색 잉크」의 'Roland Barthes'와 같은 부제들, 「칭클챙클」의 제목과 본문 사이에 끼어든 인용, 「어린 시절은 다 잊어버리고 살겠지만」의 '옹달샘돔'에 대한 각주인 'emperor angelfish' 등을 비롯하여, 다분히 의도적으로 기입된 외래어와 한자(병기) 등이 작품집 전반에 분포하여 있다.

    지금껏 살펴본 바와 더불어, 시인이 특히 과거라는 시간의 축을 중심으로 이상향의 공간성을 구축해나간다는 사실을 더 언급하여도 좋을 것이고, 하늘과 물의 이미지에 천착하는 시집의 경향성을 더 들여다보아도 좋을 것이다. 예를 들어, 과거라는 시간과 물의 이미지에 대한 편애가 빚어내는 「물 어머니」의 탁월한 감수성을 보자. 수족관에 놀러온 소년이 어머니의 치마를 잡아 흔들고 어머니가 그 아들의 손을 잡아주는 장면과, 비 오는 날 수족관을 떠도는 해파리의 모습이 겹쳐지는 순간, 해파리의 별명인 '물 어머니'는 두텁고도 투명한 '사랑'의 이미지를 획득하게 된다. 탁월한 이미지에 관해서라면 「하늘 찾기」를 예로 들어도 좋다. 이 시는 '하늘 빛-바다의 색'이라는 익숙한 연관을 우선 보여주고, '진짜 하늘은 비단조개 속에 있다'며 해변에 쪼그려 앉아 조개 줍는 순박한 아이를 그려낸다. 이로써 '하늘 찾기'라는 지극히 추상적인 행위가 조개 무덤을 더듬는 아이의 작은 손끝에서 재현되는 것이다.

지금까지 서술한 시의 성취에 비추어보았을 때 「대낮」이
라는 작품의 이질적인 질감이 더욱 두드러진다는 점은 이
시집의 아이러니라 할 수 있다. 「대낮」은 시집의 첫 작품으
로 시인의 내밀한 사유의 공간으로 독자를 안내하는 표지
판의 역할을 도맡는다. 「대낮」은 표지판으로서, 당연히 시
집 내부의 감수성과 독자라는 외부의 경험을 나누는 경계
이고, 그러한 시의 지경 바깥 혹은 위편으로 불쑥 솟아 있
는 이물이기도 하다. 그것은 표지판이기에, 무엇보다 직관
적인 형식으로 안내의 기능을 수행하며, 그것의 뒤로 펼쳐
진 공간 없이는 어떠한 맥락도 가지지 못한다는 점에서 가
장 부차적인 동시에, 자신이 담당하는 그 어떤 장소보다 먼
저 방문자를 맞이한다는 점에서 더할 나위 없이 일의적인
가치를 띤다.

표지판으로서 「대낮」이 지닌 아이러니는 작품이 전하는
정서가 너무나도 평범하고 선량하다는 것이다. "앞마을에
도 뒷마을에도 사람이 살고 있구나. 이렇게 남을 볼 수 있

다는 것은 얼마나 멋진 일이냐."로 시작하는 이 시는, 주변에 사는 이들을 이웃도 아닌 남으로 칭하면서도 그런 "남을 볼 수 있다는 것"을 최고의 기쁨처럼 이야기한다. 「대낮」은 이국의 정서도, 유토피아를 잠정적으로 대리하는 과거의 시간도, 다른 예술 형식과의 뒤섞임도 없다. "흩날리는 민들레 홀씨를 보아도 좋다"고 말하거나 그 홀씨가 날리는 광경을 두고 "구름의 가벼운 연습"이라고 묘사하는 저 소박하고 일상적인 발화가 독자를 매혹하기란 쉽지 않아 보인다. 이상향처럼 묘사되는 저 '대낮'의 공간은 그저 소박한 센티멘털리즘, 그것도 우리 현대인의 삶과는 한참 동떨어진, 목가적 풍경 속으로 퇴행한 듯한 감상만을 품고 있을 뿐이다.

결론부터 꺼내어보자면, 「대낮」의 저 평범한 감수성은 시집을 완독한 독자의 경험을 경유하자마자 비극적인 정서로 전환된다. 그리고 이를 가능케 하는 것은, 시집 전체의 분위기와 어울리지 않게 이곳저곳에 끼어들어 있는 몇

편의 시 때문이다. 「모든 빛」은 시인이 오래전부터 시의 주
제로 삼아온 제주 4·3을 다루고 있다. 「방주」가 형상화하는
공간은 우선 제목의 소릿값을 따라 5월의 '광주'이지만 그
곳은 또한 여러 다른 장소에서 변을 당한 영혼이 모여서 이
야기를 나누는 갑판이기도 하다. 「옆구리의 노래」의 첫 연
은 광주항쟁 당시 진압군의 헬기가 전일빌딩 측면에 가했
던 무차별한 사격을 이미지화한다. 이처럼 이번 시집에서
한국사의 비극을 직접 다루는 작품은 서너 편을 넘지 않지
만, 이들 시는 작품집의 후반부에 서로 가깝게 배치됨으로
써 독자의 뇌리에 가장 선명히 각인된다. 이제 책을 덮은
독자의 머릿속을 맴도는 이미지는 이국의 생생한 정취와
도, 미학적으로 낭만화된 과거와도 연관되지 못한다. 아니,
정확히 말하자면, 독자는 자신이 작품집의 전반부에서 마
주친 모든 아름다운 장면을, 폭력적인 역사의 수레바퀴에
깔려 죽어간 삶들과 '함께' 떠올리게 된다. 가령, 사과의 함
입은 웃는 아이의 얼굴 곁에서는 보조개와 유비를 이루지

만, 훼손된 시체 옆에 놓인 사과는 총과 칼에 꿰뚫린 구멍을 비유의 원관념으로 삼을 수밖에 없는 것이다.

장이지 시의 언어가 날카롭게 드러내는 바, 죽은 자가 빼앗긴 최고의 보물은 다른 것 아닌 바로 '일상'이다. 「모든 빛」에서 토벌군을 피해 산으로 도망간 사람들이 거듭 떠올리는 것은 바로 일상의 공간인 '집'이다. 「방주」를 읽으며 독자의 시선과 감정이 오롯이 담기는 문장은 "고등학생으로 보이는 녀석들이 성판악의 수림을 배경으로 물빛 셀카를 찍는" 장면이다. 시를 읽는 동안 우리는 저 고등학생이 누리는 일상의 즐거움이 죽은 자에게 얼마나 간절한 것인지를 직감적으로 안다. 「옆구리의 노래」가 언급하는 '정겨운 말씨와 육자배기'가 소소한 일상의 산물임을 모르는 이는 아마 없을 것이다.

이제 「대낮」이 말하는, 앞마을에도 뒷마을에도 사람이 살아 있는, 저 아무것도 아니게 평범한 풍경을 다시 한 번 천천히 들여다보자. 살아 있는 사람들을 바라보는 삶, 살아서, 그런 남들과 인사를 나눌 수 있는 평범한 삶은 전혀 예사롭지 않다.

명확한 문장이 기억나는 것은 아니지만, 2015년 어느 문예지에서 장이지 시인은 시인으로서의 자기 수명이 다하였다는 식으로 말한 적이 있다. 좋은 시를 오래 써온 작가가 별 뜻 없이 던진 수사일 수도 있고, 당시의 시니컬한 감정이 그런 말로 표현되었을지도 모르겠다. 아니면, 진심으로 자신의 전성기가 지나가고 있다고 느꼈을 수도 있다. 하지만 나는 그의 다섯 번째 시집을 덮으면서 이런 시집이라면 앞으로 몇 번이고 더 읽을 수 있다고 생각하였다. '죽음' 옆에 거리낌 없이, 이처럼 섬뜩하게 놓여 있는 시는, 내가 아는 한, 장이지 시인의 것 말고는 없다.

장이지에
대해

장이지의 시는 끊임없이 계속되는 이야기로 세계를 증명하려 한다. "비로소 이야기가 시작되려는 참"(「셔벗 랜드, 글쓰기의 영도」, 『안국동울음상점』)이라고 쓴 그의 말을 떠올려본다. 이번 시집(『레몬옐로』)에서도 「커피포트」나 「웃는 악당」같이 완결되지 않은 이야기를 계속한다는 것은, 마치 타인의 마음처럼 온전히 드러나지 않는 세계에 대한 시인의 믿음을 엿보게 한다. "벌써 십 년도 전의 일인데, 아직도"(「커피포트」) 기억하는 사건들, 이유는 알 수 없지만 "지금도 가끔 떠오르는 그날의 미소"(「웃는 악당」) 혹은 어느 날 장사도 하지 않고 옥상에서 두 아들과 눈사람을 만들었던 엄마의 속마음(「남천(南天)」)은 아무리 생각해보아도 알쏭달쏭한 불투명한 세계의 한 조각이자 그 의미를 분명하게 설명할 수 없는 장면이지만 어떤 기억보다 밝고 아름다운 빛을 뿜어내는 실재이다.

문학평론가 장은영

유년 시절부터 청년기까지, 웹의 세계에서 재개발구역까지, 시간과 공간을 가로지르며 심지어 초시간과 무장소의 시공간마저 횡단하며, J씨의 "남에게 알려지지 않은 생활"(『허튼소리』)을 살펴보았다. 그리하여 우리는 『라플란드 우체국』을 J씨 자신을 메시지로 하여 타전한 우울한 편지로 읽을 수 있었다. 하지만 우리가 정작 기억해야 할 것은 J씨의 오래된 슬픔과 우울이 매설하고 있는 견고한 시대성이다. '플랫', '기계들' 연작을 포함해 원자력 자본주의 시대에 대한 예민한 직시가 그러하며 가난과 노동에 대한 포스트모던 시대의 시적인 탐구가 또한 그러하다. 비극적인 세계에서 개인은 우울증을 앓는다. 장이지는 우리 시대 가난의 현상에 자신의 구체적인 생활을 그 일부로 겹쳐놓으며, 그를 통해 우리 시대 '우울의 난민'의 삶을 아프게 대리하고 있다.

문학평론가 김영희

K-포엣

해저의 교실에서 소년은 흰 달을 본다

2020년 12월 24일 초판 1쇄 발행
2021년 6월 14일 초판 2쇄 발행

지은이 장이지 | **펴낸이** 김재범
편집 정경미 | **관리** 홍희표 박수연 | **디자인** 다랑어스토리
인쇄·제책 굿에그커뮤니케이션 | **종이** 한솔PNS
펴낸곳 (주)아시아 | **출판등록** 2006년 1월 27일 제406-2006-000004호
주소 경기도 파주시 회동길 445
전화 031.955.7958 | **팩스** 031.955.7956 | **홈페이지** www.bookasia.org
ISBN 979-11-5662-317-5 (set) | 979-11-5662-519-3 (04810)
값은 뒤표지에 있습니다.